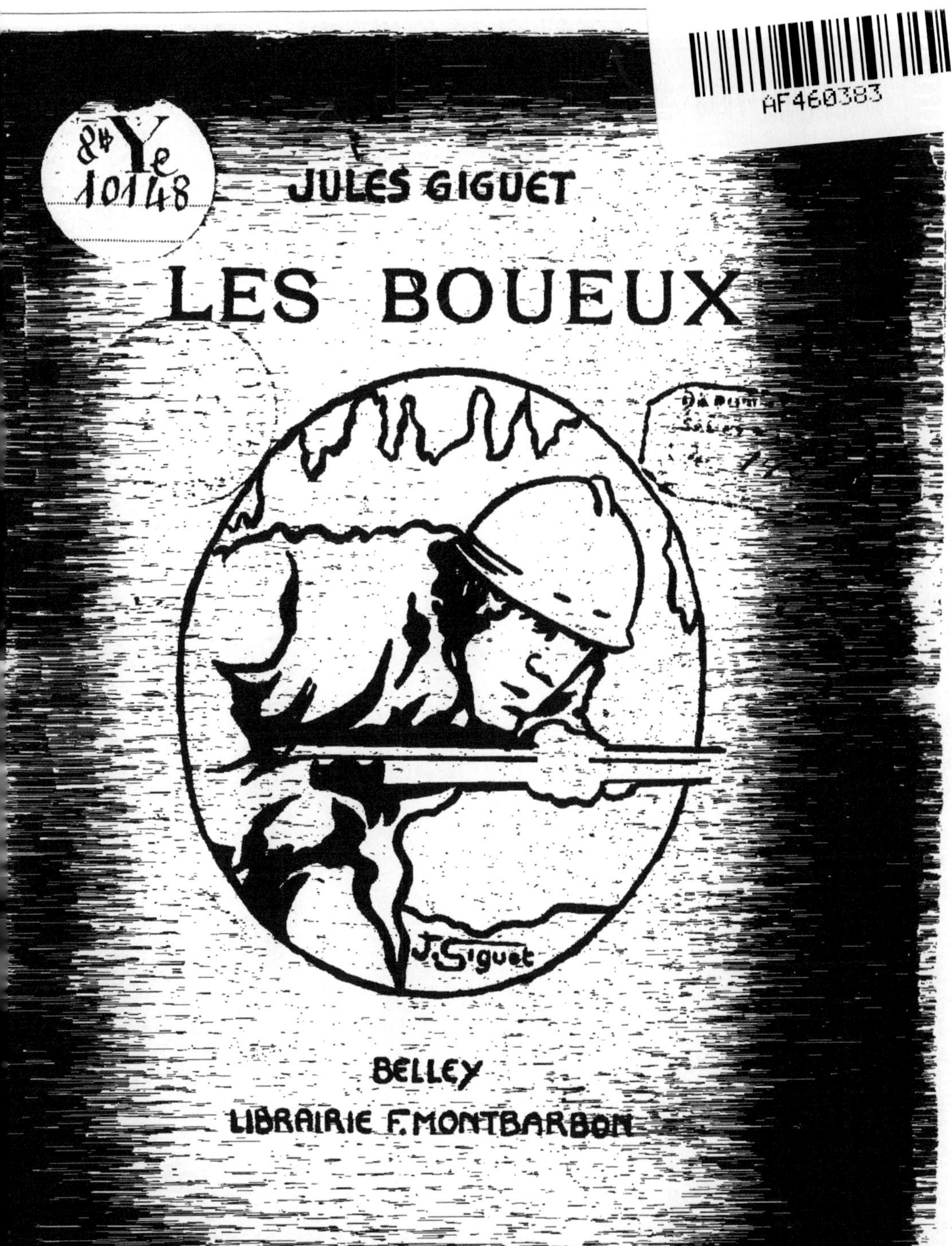

JULES GIGUET

LES BOUEUX

BELLEY

LIBRAIRIE F. MONTBARBON

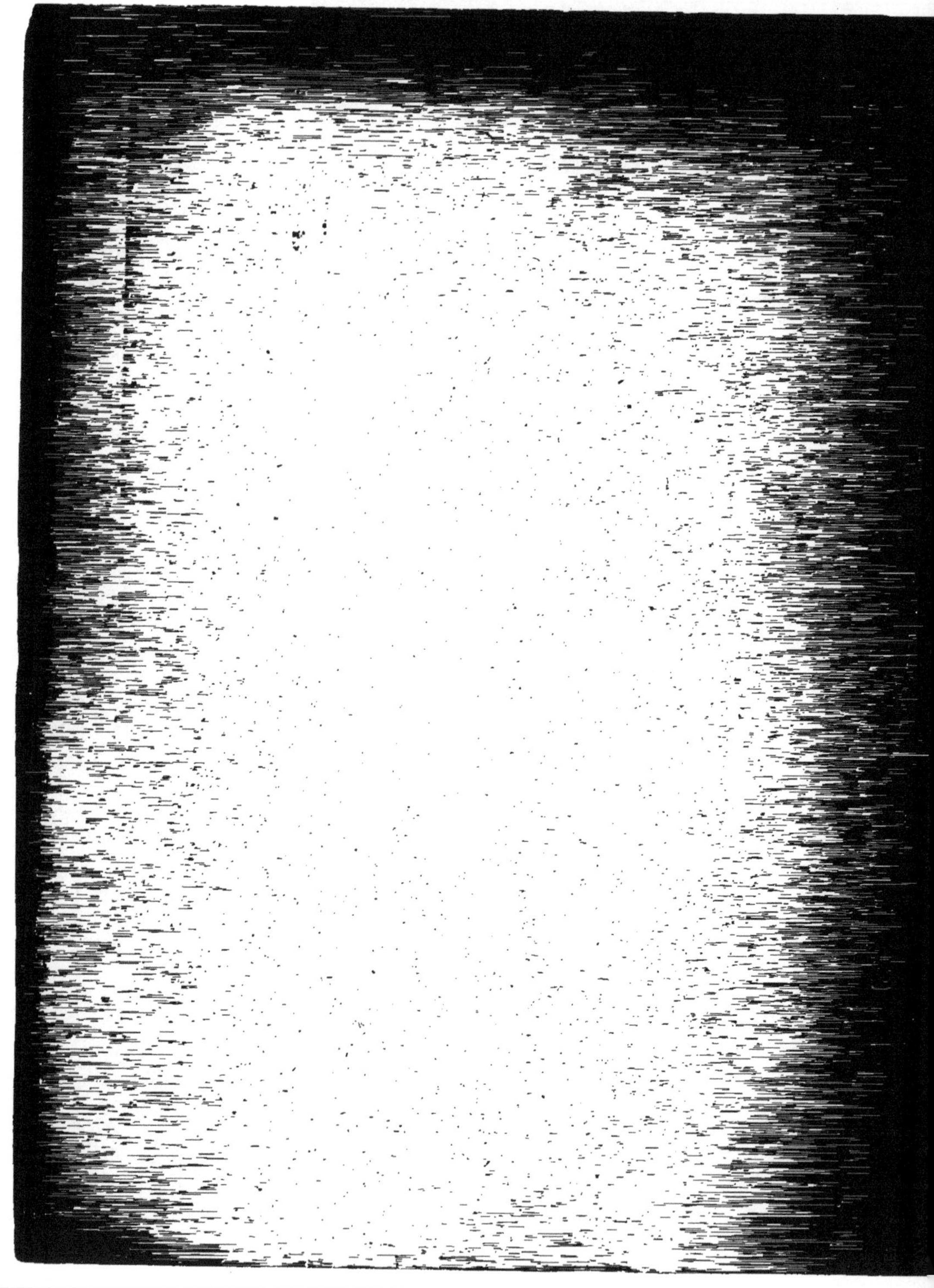

A CEUX QUI SE SOUVIENNENT

LES BOUEUX

Jules GIGUET

À CEUX QUI SE SOUVIENNENT

LES BOUEUX

ILLUSTRATIONS DE L'AUTEUR

BELLEY

LIBRAIRIE F. MONTBARBON

1921

LES BOUEUX

LES BOUEUX

Je les revois toujours : c'était à Poperinghe
Où, rasé comme un œuf, frais comme une meringue,
J'arrivais de Vincennes, ayant quitté mon corps
Pour en rejoindre un autre assoiffé de renforts.
Ma foi, j'étais assez satisfait de ma mine,
Car sous l'habit fleurant encore la naphtaline,
Sous le luisant des cuirs et l'éclat des galons,
Guêtré, sanglé, verni de la tête aux talons,
Je me trouvais pourvu d'une certaine allure.
Et je me contemplais à quelque devanture
Dont la glace sans tain dessinait mon profil
Quand un pas cadencé sur le sol de grésil
Me fit me retourner brusquement...
Ah ! Misère !
Si vous les aviez vus dans leur gaine de terre :
Plus de draps ni de cuirs, plus de noirs ni de bleus,
D'aciers ni de nickels, mais partout, dans les yeux,
Les oreilles, le nez, sur la peau, la moustache,
Comme un tampon glaiseux, une visqueuse tache,

Engluant l'épiderme aux vêtements glacés,
Et recouvrant si bien tous ces corps harassés,
Que l'on aurait cru voir déambuler par files
Les vieux sillons des champs sur le pavé des villes;
Et dans ce pyjama de boue et de lambeaux
Coulant le long des bras et des courbes dorsales
Comme une cire molle aux contours des flambeaux,
Qu'ils étaient sales!
Qu'ils étaient beaux!

J'ai vu mes habits neufs à côté de leurs nippes,
Mes habits sans beauté comme ces jeunes pipes
Auxquelles manque encor le culot du tabac;
J'ai vu mon arme vierge ignorant le combat;

J'ai vu ma peau sans hâle auprès de leur peau brune,
Telle près d'un soleil une piteuse lune.
Et malgré leur fatigue et mes airs conquérants,
Comme j'étais petit et comme ils étaient grands!...

Mais, ô boue, à mon tour, sur ma jeune carcasse
J'ai senti cet hiver ton glauque et mol enduit,
Emmêlant son empois à celui de la glace,
Me couvrir de sa carapace
Dans l'ombre froide de la nuit.

Merci d'avoir frotté sur ma figure exsangue
La patine d'airain qui lui manquait encor,
D'avoir passé sur moi ta limoneuse langue
Et su me charger d'une cangue
Qui soit une auréole d'or !

Car tant qu'on a gardé l'indigo, la garance,
Tant qu'on n'a pas été casqué, ganté, botté
De ta préhistorique et moelleuse substance,
On n'a pas la pleine élégance,
On n'a pas la pleine beauté !

Tu fais des casques durs de nos toques crasseuses,
Tu plaques des houzeaux au bas des pantalons,
Tu mets une médaille au drap de nos vareuses
Et des souillures glorieuses
Aux chiffres de nos écussons !

Tu répands ton engrais sur le visage imberbe,
Tu fais une moustache aux blancs-becs de vingt ans,
Et fournissant la terre à ces héros en herbe,
Tu sais pour en faire une gerbe,
Les mûrir en quelques instants !

Tu confonds le gamin de la dernière classe
Et le vieux réserviste au regard paternel,
Et les chargeant tous deux de ta jaune cuirasse,
De ces chairs que la mort menace,
Tu fais un seul bronze immortel !

O Boue ! humble manteau tiré du sol de France,
Toi qui grandis notre âme en comprimant nos corps,
Toi qui nous fais égaux de gloire et de souffrance,
Toi qui montres notre endurance
Et nos douleurs et nos efforts,

Oh ! ne nous quitte plus, compagne de misère,
Et si notre destin est celui des guerriers,
Remplace encor sur nous le linceul et la bière,
Pour qu'il nous reste un doigt de terre
Si nous n'en avons pas six pieds !...

AUX MORTS

AUX MORTS

O Morts, ô bien-aimés Absents, Morts de la France,
Morts du Devoir, amis, frères, enfants, époux,
D'où nous vient tout le deuil et toute l'espérance,
O morts, nos Morts à nous.

Où dormez-vous ? Quel bois, quel ravin, quelle plaine,
Vous garde ? et se peut-il que ce soit pour toujours
Que de vous rien vraiment près de nous ne revienne
A l'heure des retours ?

Non, non, nous ne croirons jamais, Morts héroïques,
Qu'un monstrueux Néant vous ait tous absorbés.
Votre âme a pu s'enfuir en des moments tragiques,
Et vos corps embourbés

Ne sont peut-être plus qu'une dépouille immonde
Dont le sang et la boue agglutinent les bords,
Mais vous êtes tombés dans la terre féconde
Qui fait germer les morts !

O Morts, vous renaissez de vos chairs fracassées,
Et nous sentons une âme éparse autour de nous
Guider nos pas, remplir nos cœurs et nos pensées
Comme si c'était vous.

Et c'est vous ! Vous vivez au sein du foyer même,
Votre nom vénéré remplit notre maison,
Où nous avons choisi pour conseiller suprême
Votre sage raison.

Autant de voiles noirs sur la douleur des femmes,
Autant de temples purs dont vous êtes les dieux,
Autant d'autels secrets où se montrent vos âmes
Dans l'ostensoir des yeux !

Ouvriers assidus à votre œuvre posthume,
Partout nous vous sentons, invisibles acteurs,
Et c'est vous qui guidez mon esprit et ma plume,
O morts inspirateurs !

De votre obscur charnier vous aidez à la vie,
En vous décomposant vous nous affermissez,
Et la France sauvée et debout ne s'appuie
Qu'à vos corps entassés.

Morts puissants, votre vie est plus forte et plus ample,
Vous avez, en tombant dans les gluants terreaux,
Fait jaillir sous le poids d'un formidable exemple
Des moissons de héros !

Morts éloquents, la mort ne vous a pas fait taire,
Et vos voix, que renforce encor l'Éternité,
Montent du peu de vous qu'en souvenir, la Terre
Garde en elle incrusté.

Mystérieux clairons que stimulent les balles,
Vous conduisez l'assaut du bataillon mouvant,
Et c'est vous qui criez au milieu des rafales :
« En avant, en avant ! ! ! »

O morts, c'est vous nos chefs, c'est vous nos camarades,
Vous, cadavres chéris qui combattez toujours,
Vous dont les corps couchés nous font des barricades,
Vous, suprême recours,

Qui recevez pour nous l'acier des projectiles,
Entraîneurs, protecteurs, guerriers inanimés,
Toujours frappés, toujours vaillants, toujours utiles,
Et jamais réformés !

Ah ! lorsque la Victoire ayant sauvé le Monde,
Le Monde acclamera les vainqueurs au retour,
Lorsque s'écoulera leur colonne profonde
Dans la Gloire et l'Amour,

O morts, vous serez là, vous marcherez en tête,
Et nous vous saluerons de tous nos cœurs fervents,
O Morts, Morts bien-aimés, plus grands que la conquête,
Plus vifs que les Vivants !

LE SÉRUM

LE SÉRUM

Sous sa molletonneuse et blanche carapace,
La vaste plaine a l'air d'un mort sous un linceul ;
Pas un être vivant, un arbre, pas un seul.
L'immobilité morne écrase la surface.

Parfois, un grondement sourd au lointain profond,
L'air gémit, siffle, hurle et brusquement éclate ;
Le sol tremble, un trou noir salit la couche mate,
Et des gémissements affreux montent du fond.

Quoi ? ce sont là les champs immortels où dix races
Entrechoquent depuis quatre ans leurs bataillons ?
C'est là qu'un flot sanglant a noyé les sillons ?
Là que les lourds canons fatiguent leurs culasses

A cracher l'acier dur pulvérisant les corps ?
Mais dans ces champs glacés, désertes plates-formes,
Où donc, ô régiments, sont vos pièces énormes,
Vos chevaux, vos soldats, les vivants et les morts ?

Ah ! c'est la plaine affreuse où l'ignoble tranchée,
O Patrie, a muré tes fils dans un caveau.
Tu croyais en plein jour défendre ton drapeau ;
Avec la charge et la brillante chevauchée ;

Tu croyais résister aux forces d'un Cyrus
Et tu ne pensais pas qu'arrêté dans sa course,
Le flot germain gardait encor cette ressource
De se glisser en toi comme un simple virus.

Mais quand tu l'as senti, déshonorant bacille,
S'incruster lentement dans le sein de ton sol,
Révoltée et sublime en face de ce viol,
Tu t'es ouvert les flancs pour y donner asile

Aux germes purificateurs et triomphants,
Et sans regret de t'être ainsi martyrisée,
Par les trous de ta chair largement incisée,
Tu t'es innoculé le corps de tes enfants.

RÉPONSE A UN DÉFAITISTE

RÉPONSE A UN DÉFAITISTE

Monsieur qui prétendez que le sang de nos veines,
Ne saurait s'écouler que pour des choses vaines,
Selon le bon plaisir de quelques insensés,
Nous venons vous prier, nous, les intéressés,
De nous permettre un mot sur cette grave affaire ;
Et puisque en ce moment vous n'avez rien à faire,
Sans la peur de troubler quelque travail pressant,
Nous vous dirons « pourquoi nous versons notre sang ».

Nous versons notre sang, Monsieur, parce que d'autres,
Dont les raisons de vivre égalaient bien les nôtres,
Ayant depuis deux ans déjà donné le leur,
Le fruit de leur souffrance est encor dans sa fleur.
Nous versons notre sang parce qu'il serait lâche,
Après tant de labeur, d'abandonner la tâche ;
Que sa vertu s'ajoute à la vertu du sang
De nos frères tombés hélas jusqu'à présent,
Et que nous, les témoins de leur mort glorieuse,
Nous avons entendu la voix mystérieuse
De ce sang dont nous demeurions éclaboussés,
Crier « Encor, encor ! » quand vous hurliez « Assez ! »
Et malgré vos discours nous persistons à croire
Qu'il faut mieux que des mots pour gagner la victoire
Et rendre un peuple libre et vivace et puissant.
Voilà, Monsieur, POURQUOI NOUS VERSONS NOTRE SANG !

Et puis nous le versons encor pour qu'il efface
Les taches que l'on fait à l'orgueil de la race
Dont l'honneur compromis exige un prompt rachat.
Or le sang seul, Monsieur, peut laver un crachat ;
Et plus on veut salir plus il faudra qu'il lave ;
Et si vous-même aviez répandu moins de bave
Sur les plis du drapeau, Monsieur, pour le pourrir.
Qui sait peut-être bien qu'il faudrait moins mourir ! ! !

Qu'importe ? ô noble humanitaire,
S'il t'est pénible de te taire,
Mâche une prose utilitaire
Flattant je ne sais quel poltron ;
Pour chaque phrase délétère,
Du sang jaillira d'une artère,
Forçant ton bol alimentaire
A ne salir que ton plastron !

Répands sur le pays ton abjecte salive ;
Nous, nous continuerons à mourir pour qu'il vive.
Tandis que nous mêlons nos corps au sol natal,
Retourne, ô pèlerin, jaser à Kienthal !
Nous prenons le fardeau de ton ignominie,
Toi prends tout ce qui peut couler d'une agonie,
Sois absous par le sang des petits « vitriers »,
Et s'ils te font envie un jour, prends nos lauriers !

CAPTIF

CAPTIF

Un camp de prisonniers en Allemagne. — C'est l'automne, les feuilles tombent. — Un prisonnier français, hâve et sordide, regarde tristement du côté du soleil couchant.

LE PRISONNIER.

Comme vous tombez vite, ô feuilles, cette année !
Que tu sembles pressé d'abréger ta tournée,
O bienheureux soleil, qui, dans tes couchants roux,
Peux aller tous les soirs dormir là-bas, chez nous !

J'ai froid ! l'hiver passé qui dépouilla les branches
A troué ma capote et déchiré mes manches,
Rongé mes pantalons, mes bas et mes souliers...
A toi, Nature, au moins, les souffles printaniers
Ont rendu depuis lors ton manteau de feuillage ;
Mais mon corps dépourvu dans ce dur esclavage,
Mon corps plus que jamais demeure découvert
Aux nouvelles rigueurs de ce deuxième hiver ! ...

J'ai faim !... comme les jours qui décroissent trop vite
La ration devient de plus en plus réduite ;
Leur ignoble pain brun qu'il faut tant ménager
De jour en jour devient plus horrible à manger;

Et dans cette agonie automnale, il me semble
Que les choses et nous allons mourir ensemble
D'une mort qu'on voudrait savamment ralentir
Pour qu'il nous soit donné d'un peu mieux la sentir !

J'ai froid non seulement dans mon corps qui frissonne,
J'ai faim non seulement dans ma maigre personne,
Mon âme aussi gémit de son délaissement...
Ah ! si j'avais chez nous un père, une maman,
Une sœur, un ami qui, sachant ma souffrance,
M'enverrait quelquefois un petit peu de France
Enfoui dans un peu de laine ou de pain blanc !...
Quand je vous recevrais, ému, charmé, tremblant,
Choses de mon pays, quand ma chair grelottante
Sentirait sous votre tiédeur enveloppante,
Comme sous un baiser s'arrêter ces frissons,
Que vous soyez tricot, bonnet, gants ou chaussons,
Je croirais tellement sentir des mains aimées
Me toucher, j'entendrais des voix accoutumées
Me parler, je verrais des fronts chéris sur moi
Se pencher, et ne saurais plus, dans mon émoi
Ce qui me causerait la plus vive allégresse,
Si c'est votre chaleur ou bien votre caresse !
Et tel un grand enfant qu'on a beaucoup gâté,
Je vous dirais des mots d'une ingénuité
Si sincère, si jeune et joyeusement tendre,
Que vous-mêmes seriez très longues à comprendre

Quelles douces raisons pourraient m'avoir causé
Le merveilleux bonheur dont vous m'auriez grisé !...

Mais je m'exalte, je m'exalte... et déraisonne !
Que pourrai-je espérer, puisque je n'ai personne !

Personne !... Et cependant lorsque j'étais petit,
A l'école, souvent le maître m'avait dit
Que j'étais ton enfant, ô ma France, ma Mère,
Et toi-même le jour où te surprit la guerre,
Quand tu sentis ton sol ignoblement foulé,
N'est-ce pas comme un fils que tu m'as appelé ?

Et tu sais avec quelle flamme
J'ai couru dès le premier jour
T'apporter mon corps et mon âme
Qu'animait ton ardent amour !
Tu sais que pour toi, ma Patrie,
Pour garder ton intégrité
J'aurais sacrifié ma vie
Aussi bien que ma liberté !

Tu sais, ô ma France lointaine,
Que depuis que mon cœur plaintit
Tire en gémissant sur sa chaîne
Ainsi qu'un grand oiseau captif,

Pour moi la seule douce chose
Est de longuement rechercher
Le soir, au sein d'un couchant rose,
L'emplacement de mon clocher !

Tu sais bien qu'au cri nostalgique
Que m'arrache parfois mon mal,
Seul répond l'écho germanique
Lugubre, sournois, guttural,
N'apportant à ma sombre peine
Qu'une réplique : le dédain,
Une seule rumeur : la haine,
Un seul hymne : la « Garde au Rhin » !

Alors, tu dois aussi comprendre
Que dans l'hiver d'un tel exil
Le moindre mot tant soit peu tendre
Serait doux comme un chant d'avril ;
Q'au milieu de ce vide infâme
Qui s'élargit autour de moi,
Un rien enchanterait mon âme,
Un rien... s'il me venait de toi !

Qu'enfin, puisque ce rien lui-même
Je ne dois jamais l'espérer,
Que mon cri de misère extrême
Jamais ne saura t'arriver,

Puisqu'au morne oubli je demeure
Infailliblement condamné,
Oh ! comprends un peu que je pleure
De me sentir abandonné !...

Il tombe accablé sur son banc. Doucement, dans le lointain, une musique s'élève où passent successivement des airs d'enfance berceurs et familiers. Une voix s'en détache tendrement consolatrice.

LA VOIX.

Ne pleure pas !

LE PRISONNIER.

Mon Dieu ! Je rêve !
Air chéri que j'entends là-bas,
Chanson d'enfance qui s'élève,
D'où me viens-tu ?

LA VOIX.

Ne pleure pas !

LE PRISONNIER.

Non, je ne veux plus être triste,
Mais puisque tu m'as enchanté,
Je veux te connaître et j'insiste.
Qui donc es-tu ?

La Voix.

La Charité !
Je suis la Charité française,
La maman des pauvres soldats.
Je voudrais donner un peu d'aise
Aux malheureux qui n'en ont pas !
Malgré tout ce qui nous sépare,
Ton appel a touché mon cœur
Et dès ce soir je te prépare
Un peu d'amour et de chaleur !

Le Prisonnier.

Comment ? Je ne suis plus tout seul et quelqu'un [m'aime
Et peut-être bientôt, pour Noël, ici même,
J'aurai comme jadis un beau cadeau ?

La Voix.

Mais oui !

Le Prisonnier.

Et je battrai des mains, heureux, épanoui,
Devant un vêtement de laine ou de flanelle,
Comme un enfant devant son grand polichinelle ?
Mais comment feras-tu pour me trouver cela ?

LA VOIX.

Eh bien ! je m'en irai quêter d'ici, de là,
J'attendrirai les cœurs en contant ta souffrance,
Je dirai que tu n'as personne que la France,
Et le cœur de la France est tellement humain
Qu'elle voudra t'aider et te tendre la main !
A bientôt !

LE PRISONNIER.

Au revoir, ô bienfaisant génie,
Emporte en t'en allant ma tendresse infinie !
Je ne me sens plus seul, la France est avec moi...
Oh ! demande à tous ceux qui m'aimeront par toi
Si je ne pourrais pas leur donner quelque chose
Pour les payer un peu du bonheur qu'on me cause ?

LA VOIX.

A quoi bon, mon enfant ? Ils n'accepteraient rien !...

LE PRISONNIER.

Alors, tu leur diras... que je les aime bien !...

Langres, octobre 1915.

NOËL DE GUERRE

NOËL DE GUERRE

(Ce soir, veille de Noël 1916,
pour économiser la lumière,
la messe de minuit n'aura
pas lieu.)

Puisqu'à l'œuvre de vie où tout effort converge
Tout doit être voué, puisqu'en canons puissants
Il faut tout convertir, même le prix d'un cierge,
Même le prix d'un grain d'encens,

Pour économiser la lumière qui prie,
Nous n'irons pas ce soir, en un chœur triomphant,
A minuit, à la crèche, à côté de Marie,
Adorer l'adorable Enfant.

Pour la première fois depuis bien des années,
Nous n'irons pas ce soir ! Seuls la Vierge, Joseph,
Mages, bergers, troupeaux, figurines fanées,
Seront présents sous la grand'nef.

Et tourmentés par de stériles conjectures,
L'âne et le bœuf, penchés plus près sur l'enfant nu,
Puis ouvrant leurs grands yeux sur les voûtes obscures,
Diront : « Tiens ! on n'est pas venu ! »

Et pourtant, ô Seigneur, que ta Grâce renaisse !
Tu l'auras malgré tout, oh ! tu l'auras ta messe,
Plus solennelle encor qu'autrefois, cette nuit,
Messe nouvelle et formidable de minuit.
Et l'église où s'accomplira le sacrifice,
Plus vaste qu'un humain et fragile édifice,
Sera la voûte immense de tes Cieux ; l'autel,
— O Seigneur, tu n'auras jamais rien vu de tel —
L'autel sera la plaine ajoutée à la plaine !
Et les répons sacrés dont la nuit sera pleine
Viendront de nos canons tonnant d'un même cœur :
Voix des canons légers, nouveaux enfants de chœur,
Qu'appuieront de leur basse énorme de vieux chantres
Les pesants obusiers pivotant sur leurs centres.
Et lorsque nos clairons déchaînés et chargeant
Remplaceront soudain la clochette d'argent
Pour annoncer l'immense et tragique offertoire,
Dans le mystère glorieux de la nuit noire,
Rougissant le rétable, inondant les degrés,
Glissant en longs ruisseaux de la colline aux prés,
S'offrant comme une ardente et sublime prière,
Le sang de nos soldats coulera... SANS LUMIÈRE.

PROLOGUE

PROLOGUE

Dialogué pour la reprise, au Théâtre de Langres, de la « Revue de détail », écrite au front par les chasseurs Lortac, dessinateur ; Beaumont, revuiste ; Jodelet, caricaturiste ; Crenier, sculpteur, prix de Rome ; Drouot, poète, et créée à Nœux-les-Mines par le 3e chasseurs à pied en février 1915.

Devant le rideau : le sergent Giguet. Dans la coulisse : L'Hérondeau [1]

MESDAMES, MESSIEURS,

Pour apaiser un peu la folle impatience
Où vous tient le régal dont l'apprêt, en silence,
Comme un souffle léger fait trembler le rideau,
Je vais vous présenter les auteurs !
— L'Hérondeau ?
— Présent.
— Toi qui les a connus à Nœux-les-Mines,
Dis-leur que le public réclamant leurs bobines,
J'appellerai leur nom et que du tac au tac
Ils répondront : « Présent ! » — C'est entendu ?
— Lortac ?
— Il n'est pas là, sergent ; il paraît que les Boches,
Furieux de n'avoir (quoique étant assez proches)
Pas été conviés lors du premier concert,
L'ont puni d'un pruneau probablement trop vert

1. Un des rares survivants parmi les créateurs.

Qu'il n'a pu digérer et dont il souffre encore !
— Beaumont ?
— Il n'est pas là non plus, sergent ; il collabore
Avec son vieux copain Lortac... à l'hôpital !
— Ils partagent les droits d'auteurs : c'était fatal !
Mais voyons ! ils ne sont pas tous blessés que diable !
Fais-moi donc appeler — tu seras bien aimable —
Crenier et Jodelet qui firent le décor ?
— Ah ! ma foi, Jodelet va vous manquer encor :
Comme il aime surtout dans sa caricature
Faire des animaux croqués d'après nature,
Il tient à voir le Boche au moins à trente pas...
Quant à Crenier, sergent, il ne reviendra pas.
— Mais pourquoi, L'Hérondeau ?
Parce que sur ses toiles
Il aimait tellement à peindre des étoiles
Dont son âme d'artiste avait fait ses amours,
Qu'il est monté les voir chez elles, pour toujours !
— Qu'il est sombre, mon Dieu, ton étrange épilogue !
Mais notre bon Drouot qui pondit le prologue,
A-t-on pu lui donner sa médaille d'argent ?
— Drouot ?... Il est allé trouver Crenier, sergent ! »

Hélas ! blessure au feu, combats à fleur de terre,
Voyages sans retour dans l'interplanétaire.
Sacrifice, souffrance, et chute en plein effort,
Mesdames et Messieurs, vous connaissez le sort

De ceux dont l'esprit mâle et culotté de glaise
Va répandre sur vous cette verve française
Que le bruit du canon n'a jamais pu tarir ;
Et, ils ne sont pas là, ce soir, pour recueillir
La moisson de gaîté qu'ils auront fait éclore,
Faites que votre accueil soit si chaud, si sonore
Que leur âme, de loin, puisse le percevoir
Comme un écho très doux dans le calme du soir.

Applaudissez cette revue
En trois jours à peine pondue
Dans le vacarme et la cohue
Pour le bonheur de nos poilus ;
Cette farce entre deux martyres,
Cette aubade entre deux délires,
Ce formidable éclat de rires
Au milieu des éclats d'obus !

Et si des lèvres point austères
De nos modernes mousquetaires
Des couplets un peu... militaires,
Mesdames, s'échappent parfois,
Veuillez ne pas trouver mauvaise
La mode qui, pour qu'elle plaise,
Veut qu'une cuisine française
S'assaisonne de sel gaulois !

Applaudissez nos interprètes,
Car les artistes de nos fêtes
Ne sont point soldats d'opérettes :
Seul est factice le décor.
Et ceux que j'entends par avance
Fredonner déjà leur romance
Hier se battaient pour la France
Et demain se battront encor !

Public, c'est de leur part que je te remercie
D'être venu ce soir, sympathique et nombreux,
Répondre à leur appel qu'ils voudraient si joyeux.
Que ton âme en soit éclaircie !

Car c'est au nom de la gaîté
De la beauté, de la santé,
Qu'après avoir souffert, lutté
Pour que nos succès s'accentuent,
En se riant de leurs malheurs,
Public ami, cher à nos cœurs,
Comme les vieux gladiateurs
Ceux qui vont vaincre te saluent !

RÊVE DE TRANCHÉE

RÊVE DE TRANCHÉE

Ce soir dans la tranchée, humide et froid repaire
Où meurent si souvent les rêves d'avenir,
Ayant pourtant au cœur l'espoir de revenir,
Je songe aux jours lointains... quand je serai grand-père.

Quand je serai grand-père, ô mes petits-enfants,
Quand le Bon Dieu, touché par celui qui l'implore,
Vous aura pris au monde où vous êtes encore
Pour me dédommager de l'injure des ans.

Le soir, auprès du feu pétillant dans la chambre,
Je vous grouperai tous autour de mon fauteuil
Et vous dirai ces vers écrits aux jours de deuil
Quand je rêvais de vous, cette nuit de Décembre...

Et toi, le plus petit, le plus pareil à moi,
Juché sur mes genoux, tu me diras : « Grand-Père,
Raconte-nous, tu sais, quand tu faisais la guerre
Et que le gros obus est tombé près de toi. »

Alors, je reprendrai, docile, quelque histoire
Que je te redirai pour la centième fois ;
Et la connaissant mieux que moi-même, parfois,
Tu combleras les trous de ma vieille mémoire.

Toi, cadet — l'écolier que son premier travail
Aura mis au courant déjà des grandes phases —
Afin de compléter ton livre de mes phrases,
Tu me demanderas le fini du détail.

Et toi dont l'œil luira d'une précoce flamme,
Toi l'aîné, que j'aurai le premier dorloté,
T'étant penché déjà sur notre humanité,
Tu me diras : « Dis-nous comment ils avaient l'âme »...

Alors, tout secoué de fureur, à penser
Qu'un jour peut-être, usant ou de ruse ou d'audace
Envers vos chers esprits, cette maudite race
Pourrait tenter encore de les germaniser,

Je saurai retrouver cette ardeur qui m'inonde
Et vous raconterai, vibrant, transfiguré,
Fou d'indignation contenue, écœuré,
Tout ce que nous a fait souffrir ce peuple immonde;

Comment il ne fut rien de sacré ni de grand
Sur quoi ces malheureux n'aient porté leurs mains sales,
Comment ils ont brûlé nos vieilles cathédrales,
Barbouillé les traités de crachats et de sang ;

Violé les contrats, nié les lois de guerre,
Et, massacrant l'enfant, la femme et le vieillard,
Élevant l'infamie à la hauteur d'un art,
Porté l'Humanité vingt siècles en arrière...

Quand je n'en pourrai plus, dans vos jolis cheveux
Je mettrai mon baiser avec un bon sourire,
Et toussotant un peu d'avoir voulu tant dire,
Je m'en irai dormir le court sommeil des vieux.

Et seul dans mes draps blancs et froids comme un suaire
Vous revoyant encor tous trois, ô mes petits,
Avec vos yeux si purs, par l'horreur agrandis,
Sûr d'avoir mis en vous la haine salutaire

Des barbares Prussiens, Saxons ou Bavarois,
Tout en vous attachant pour jamais à la France,
Je pourrai m'endormir avec cette assurance
Que je viens de les battre une deuxième fois.

Tranchée du Nord, décembre 1914.

CE SOIR

CE SOIR

Il fait calme ce soir comme après la tempête.
Me voici, mon aimée, intact, avec ma tête,
Tous mes membres, mon cœur paisible et régulier,
Mon cœur où je ne sais quel divin joaillier
A serti votre nom chéri comme une gemme.
Me voici parce que ce talisman que j'aime
Aujourd'hui comme hier encor m'a protégé.
Vous ne pouvez savoir l'impression que j'ai
Quand je me bats avec vous dans le cœur ; je tremble
Après, lorsque j'écris ; mais sur l'heure il me semble
Que je divague ou rêve ; et c'est vous que je vois.
Comme tous je m'excite en criant, mais je crois
Que je suis seul et qu'il s'est fait un grand silence !
Extérieurement je me dresse et m'élance ;
Mais il me semble à moi que je suis à genoux.
Autour de moi, l'enfer ; mais je trouve très doux
Que nous soyons tous deux, bien seuls dans le carnage.
Je vous vois, vous flottez dans un vague nuage,
Vous avez un air grave et fort et votre main,
En un geste si beau qu'il n'a pas l'air humain,

Vers ma lèvre où mon âme ardente s'évapore,
Tend une hostie éblouissante et tricolore
Et nous communions chacun d'une moitié.

Donc aujourd'hui, vous m'avez fait cette amitié
De revenir plus tendre encor que d'habitude.
Sans doute vous saviez que l'assaut serait rude
Et que j'aurais besoin d'avoir du cœur, deux cœurs.
Vous vouliez vous aussi que nous soyons vainqueurs
A deux. Oh ! nous avons beaucoup souffert ensemble
Tout le jour. N'est-ce pas du moins ce qu'il vous semble,
A nous sentir ce soir si las et si joyeux ?
Car nous sommes vainqueurs, ô mon amour, à deux !
Oui, nous leur avons pris dix lignes de tranchées ;
Où nous avons lutté les plaines sont jonchées
De leurs corps ; nous restons sur le terrain conquis
Et je vous sens toujours tout près. — Oh ! c'est exquis !
Oublions que l'endroit est très inconfortable,
Ne songeons point que nous n'avons ni lit ni table,
Et puisque vous m'avez suivi dans les combats,
O mon doux compagnon, ce soir ne partez pas ;
Restez. Voici le soir, l'heure tendre est venue,
L'ombre envahit la plaine et l'horreur est moins nue.
Quel silence après tant de fracas ! O ma sœur,
C'est presque trop. Restez ; j'aurais peut-être peur
Tout seul. Restez afin qu'à vos côtés j'oublie
Que tant d'autres épris comme moi de la vie

Sont tombés aujourd'hui sur les tertres glacés,
Et que là, dans ce noir, dorment des fiancés
Dont le cœur ne bat plus. Restez, le ciel s'épure.
Vous voyez, je suis sauf, sans une égratignure.
Vous ne pleurerez pas sur des rêves brisés.
Aussi puisque le sort nous a favorisés,
Oublions tout ce soir, tout de cette âpre guerre,
Remontons au bonheur paisible de naguère ;
Je vous donne mon cœur, donnez-moi votre main,
Revenons, voulez-vous, au paisible chemin
Où nous fîmes un jour certaine promenade.
Vous souvient-il ? vous aviez été très malade,
Et j'avais dû rester longtemps sans vous revoir.
Vous m'aviez appelé. J'arrivais plein d'espoir
Et, tremblant malgré tout d'une peur insensée
De ne point vous trouver à la place fixée,
Courant quand je me croyais seul dans le sentier ;
Soudain je vous ai vue au pied d'un églantier,
Assise toute blanche en robe printanière,
Et pareille au muguet de votre boutonnière,
Première et pâle fleur après un rude hiver.
Vos grands yeux laissaient voir que vous aviez souffert
Et s'éclairaient pourtant d'un merveilleux sourire.
Moi, j'étais à vos pieds fervent, sans rien vous dire,
Sachant qu'en me taisant je m'exprimerais mieux ;
Vous avez alors pris mes mains, fermé vos yeux,

Comme vous faites quand votre âme se recueille,
Et me sentant trembler ainsi qu'une humble feuille,
Comme en un souffle dont votre lèvre a frémi,
Vous avez dit ces mots si simples : « Mon ami ! »
Et nous sommes restés longuement sans parole...

Puis, quittant tout d'un coup votre verte alvéole,
Vous m'avez entraîné dans le doux bois d'amour.
Ah ! comment oublier et cette heure et ce jour,
Où j'ai compris que vous étiez toute ma vie,
Qu'enfin vous souhaitiez vous aussi m'être unie
Pour toujours et dans tout, travaux, bonheurs, malheurs,
Car vous m'avez donné ma part des blanches fleurs,
Des fleurs de mai dont votre robe était parée.
Et j'ai senti soudain votre main adorée
Glisser contre mon bras et s'en faire un appui.
Doux geste de tranquille abandon ! C'est par lui
Que j'ai le mieux senti la douceur de mon rôle :
Vivre sous votre charme en offrant mon épaule
A votre tête, à votre cœur comme ce soir.
Oh ! parfois, voyez-vous, quand le ciel est trop noir,
La misère trop grande au milieu des batailles,
Je me demande en évoquant nos fiançailles
Comment on peut, trop loin du bonheur ancien,
Être si mal après avoir été si bien.
Rappelez-vous encor. Je disais : « Je vous aime »,
M'excusant de ne point orner ce joli thème,

De n'avoir que ces mots trop courts à répéter
Quand mon âme était pleine au point d'en éclater.
Vous disiez : « Répétez toujours ; je vous assure,
J'aime mieux notre amour que la littérature,
Le mot n'est rien, le sens est tout ; c'est bien ainsi. »
Tenez, je les entends ces mots, ce soir, ici.
Il est loin le doux mois à l'haleine embaumée,
Il fait froid, mais je sens ta tête, ô bien-aimée,
Reposer sur mon cœur comme le premier jour.
Je t'aime, je t'adore, et tout vibrant d'amour
Dans cette ombre où la mort a détendu son aile,
A cette heure plus frémissante et solennelle,
Ma force, mon trésor, ma gardienne, je crois
Que nous nous fiançons une seconde fois.

Bénis-nous en ce soir glorieux, ô Patrie,
Tu sais que dans mon cœur tu n'es pas amoindrie
Et que demain j'irai sans faiblesse à l'assaut.
Fais-nous souffrir encor, moi surtout, s'il le faut,
Mais ne me prends pas tout mon sang s'il est possible,
Pour ne pas séparer au moins l'indivisible,
Et que la même cloche à l'heure des retours
Célèbre ta victoire et nos chères amours.

L'ASSAUT

L'ASSAUT

Dans la tranchée embourbée,
Fiévreux, l'échine courbée,
Se tient prêt à la ruée
Le bataillon haletant.
L'heure est grave, c'est la lutte ;
Quand finira la minute,
Il faudra franchir la butte
Et prendre le mouvement
En avant.

Avec un bruit de tonnerre
Le canon hurle en colère,
En faisant voler la terre
Du parapet allemand ;
Et par la lucarne ronde
Des créneaux, l'on voit la ronde
Des corps que l'obus qui gronde
Déchiquette en les jetant
En avant.

Mais la minute est suprême ;
Le plus brave est un peu blême
Tellement paraît extrême
La gravité du moment.
Malgré le vacarme intense,
On se recueille et l'on pense
A ceux qu'on aime, à la France,
Au destin qui vous attend
En avant.

Rien ne saurait vous abattre;
Mais comme on sent son cœur battre !
On entend : « sept, six, cinq, quatre !... »
Et c'est le dernier instant !
Le canon se tait... silence !
Le cri qu'on attend s'élance :
Mes enfants..., c'est pour la France...
Tous, à mon commandement ! ! !
« En avant !... »

Alors, c'est le bond terrible,
Où chacun se fait la cible
De l'adversaire invisible ;
La Mort fauche dans les rangs.

Qu'importe ! il faut que l'on aille !
Et plus fort que la mitraille,
Un cri menant la bataille
Répond aux cris des mourants :
« En avant !... »

On crie, on court, on se couche,
On se relève farouche,
Avec l'écume à la bouche
Et l'injure entre les dents !
Le clairon se sent revivre,
S'émeut, s'échauffe, s'enivre,
Et gueule à fêler son cuivre
La « Charge » aux airs obsédants :
« En avant !... »

Et sous la Mort qui l'égrène,
Sous le souffle qui l'entraîne,
Furieuse vague humaine
D'acier, de chair et de sang,
Vers la Gloire qui l'attire
Et commence à lui sourire
Le bataillon en délire,
Irrésistible, s'étend
En avant !.....

O vous, dont le dernier râle,
Dans la mêlée infernale,
Avant l'heure triomphale,
S'est exhalé sourdement,
Ames des morts immortelles,
Sur vos glorieuses ailes,
Vers les plaines éternelles,
Du lumineux firmament,
En avant...

PRIÈRE POUR LES ABSENTS

PRIÈRE POUR LES ABSENTS[1]

Seigneur, vous qui savez le charme de la Présence, vous n'ignorez pas qu'une des plus grandes misères de notre vie terrestre est l'absence de ceux que nous aimons.

(*Prière pour les Absents.*)

Seigneur, vous qui savez les rigueurs de l'absence
Et qui, pour demeurer sans cesse parmi nous,
Avez réalisé le mystère si doux
De la perpétuelle et divine Présence ;

Seigneur, vous qui savez que nos chers bien-aimés
Loin de nos yeux en pleurs combattent pour la France,
Faites que notre angoisse unie à leur souffrance
Agrandisse notre âme et nos cœurs trop fermés.

Seigneur, dieu de la Paix, Seigneur, dieu de la Guerre,
Protégez nos soldats au milieu du danger,
Et rendez-les un jour aux douceurs du foyer
Où nous leur conservons la place de naguère !

---

1. Mise en musique par Jean Lobrot. En vente chez Delmouly, rue Vital-Carles, à Bordeaux.

Ayez pitié de Ceux que nous avons perdus ;
Recevez le dépôt de leurs âmes ardentes
Et les derniers baisers de leurs lèvres mourantes
Que nous n'aurons, hélas ! Seigneur, jamais reçus !

LA PASSION

LA PASSION

Notre Dame. — Mourrez de mort brève et légère ?
Jésus. — Je mourrai de mort très amère...
Notre Dame. — A mes maternelles demandes,
Ne donnez que réponses dures.
Jésus. — Accomplir faut les Ecritures.

(*La Passion*, de Jean Michel.)

LA MÈRE. — Toi qui partis si plein de flamme,
Dis-moi ? le jour où ta jeune âme
A pris son vol bien loin du bruit,
C'était au soleil ?
LE FILS. — — Non, la nuit !
LA MÈRE. — Mais dans la tiédeur d'une chambre ?
LE FILS. — Non, dehors, un soir de décembre.
LA MÈRE. — Tu te sentais bien entouré ?
LE FILS. — J'étais seul, dans l'ombre, ignoré.
LA MÈRE. — La balle au cœur, en militaire ?
LE FILS. — Brûlé de vapeur délétère.
LA MÈRE. — Tu n'as pas dû longtemps souffrir ?
LF FILS. — J'ai mis douze heures pour mourir.
LA MÈRE. — Mais l'hiver laisse un peu de mousse,
Et la terre au moins te fut douce ?

LE FILS. — C'était au fond d'un trou d'obus
Où la pluie était amassée ;
Mon linceul était d'eau glacée
Et mon corps ne paraissait plus.

LA MÈRE. — A mes maternelles souffrances,
O toi qui pourtant m'aimais bien,
Mon fils, n'apporteras-tu rien
Que de mornes désespérances ?

LE FILS. — Si, maman, j'ai sauvé la France.

LES CADETS DE FRANCE

LES CADETS DE FRANCE

PERSONNAGES

LE BOUEUX.
CYRANO DE BERGERAC.
QUELQUES GUETTEURS.

Le décor représente un poste d'écoute dans la tranchée, près d'Arras, pendant la guerre 1914-18...

Au fond, légèrement de biais, un talus de tranchée, à hauteur d'homme, de toute la largeur de la scène, et surmonté par endroits de quelques sacs de terre formant des créneaux d'observation. Dans le lointain, horizon perdu de plaines jaunes. — A droite, en pan coupé, sacs de terre empilés à hauteur de poitrine et formant séparation avec la tranchée proprement dite qui s'étend dans la coulisse ; au-dessus de cette butte, une petite cloche d'église montée sur deux piquets. — A gauche, accès du « boyau ». — Par terre, sans ordre, armes, caisses de grenades, lance-bombes, havresacs, etc.

La nuit est très belle : un grand clair de lune. Au loin, lueurs intermittentes de fusées au magnésium. Roulements sourds et espacés d'une canonnade languissante.

SCÈNE PREMIÈRE

Un « BOUEUX » en armes et en « cagoule », largement plaqué de glaise, est assis face au public sur le tas de sacs à droite ; on devine à peine ses galons de caporal ; les deux hommes de son poste sont dans la coulisse à gauche, du côté du « boyau ».

Il regarde la tranchée de droite où dorment ses camarades.

LE BOUEUX, *évoquant à ce spectacle les vers de la « présentation des Cadets dans Cyrano de Bergerac ».*

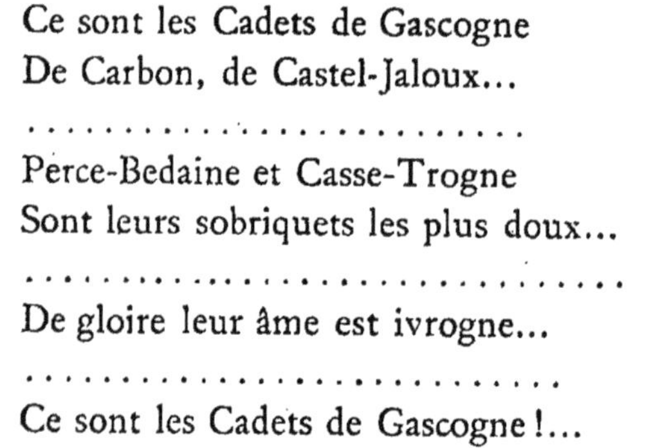

Ce sont les Cadets de Gascogne
De Carbon, de Castel-Jaloux...
. . . .
Perce-Bedaine et Casse-Trogne
Sont leurs sobriquets les plus doux...
. . . .
De gloire leur âme est ivrogne...
. . . .
Ce sont les Cadets de Gascogne !...

Il lève les yeux vers la lune, la regarde fixement et, désignant les soldats endormis :

Ah ! mon grand Cyrano, si tu pouvais les voir !
Près des héros obscurs entassés dans ce noir,
Si tu pouvais, tandis que seul je les vénère,
Descendre un peu, ce soir, dans un rayon lunaire !
Le Ciel est adorable et le sol est affreux,
Mais si tu te glissais un instant dans nos creux,
Le long de ce canal de boue ensanglantée,
Cyrano, tu verrais comme la Voie lactée

Est peu de chose auprès de ce fangeux « boyau » ;
Et là tu me dirais franchement, Cyrano,
Si le Ciel est plus beau de clartés sidérales
Que n'est beau cet enfer de nos grandeurs morales !
Tu dirais que ceci dépasse encor cela
Et tu ne voudrais plus...

On entend dans la coulisse, à gauche, le bruit soudain et violent de la chute d'un corps lourd dans la boue du boyau.

CYRANO, à la cantonade à gauche.

Mille Dious !

LE BOUEUX, se mettant en garde vivement.

Halte-là !...

CYRANO, toujours invisible.

Mordious !... Où diable donc suis-je tombé !

LE BOUEUX

— Qui vive !...

CYRANO

Bergerac !

LE BOUEUX

Connais pas... au large !...

SCÈNE II

LE BOUEUX, CYRANO DE BERGERAC.

CYRANO. Il paraît couvert de boue, minable; il n'a plus son grand feutre à panache, mais un casque de combat bleu gris.

Allons, j'arrive
Et me présente, encor que je sois tout penaud
D'être aussi dégoûtant... (Se présentant.)
Savinien-Cyrano...

LE BOUEUX, le coupant d'un rire ironique et incrédule.

Ah! Ah! Ah!... Cyrano, sans feutre, avec un casque!...

CYRANO, vexé et remarquant que le Boueux a une cagoule.

A part.

Tiens! Tiens! toujours de Guiche et toujours sous un
[masque!...

Très haut.

Oui, Monsieur, j'ai changé de coiffure, c'est vrai,
Mais je n'ai pas caché ce par quoi je serai
Toujours ce que je suis, Monsieur, car j'imagine

Montrant son nez.

Qu'il suffit d'exhiber l'idéale aubergine
Dont s'orne mon facies...

LE BOUEUX, effaré, reconnaissant Cyrano.

Cyrano... C'est donc toi ?

CYRANO, digne.

Jeune homme, c'est très bien d'avoir enfin la foi,
Mais vous voilà soudain familier, il me semble.
Dites-moi donc ce que nous gardâmes ensemble ?

LE BOUEUX, piqué, ôtant sa cagoule et comme relevant le gant.

Ensemble ? Rien, hélas ! mais ce que tu gardais
En seize cent quarante au milieu des « Cadets »,
La France, comprends-tu, Cyrano, notre France,
Son sol, son nom, sa force et son indépendance,
Ses morts, ses souvenirs, ses trésors, sa gaîté,
Sa grâce, son esprit, sa beauté, sa bonté,
Son âme, pour laquelle toi tu fus naguère
Artiste dans la paix, héros pendant la guerre,
Tout cela, Cyrano, je le garde à mon tour
Avec d'autres Cadets, avec le même amour !
Et si tu ne veux pas...

CYRANO, ému, vivement.

Si, si, je veux...

LE BOUEUX

Permettre...

CYRANO

Oh ! si...

LE BOUEUX

Ce tutoiement...

CYRANO

Si, je veux, je veux être,
Je suis ton frère aîné, mon petit, mon très grand.
Je fus fier, oh ! pardon, car j'étais ignorant
De mon point d'arrivée autant que de toi-même ;
Mais ton âme a percé ton loup de mi-carême
Et je t'ai reconnu sans peine à cet émoi
De ta fierté blessée, à ce je ne sais quoi
Qui seul donne à des yeux la douceur et la flamme,
Et la marque française à la trempe d'une âme !...
Embrassons-nous, tu veux ?...

Ils s'embrassent.

Et maintenant, dis-moi,
Quelque chose m'intrigue étrangement.

LE BOUEUX

Et quoi ?

CYRANO, confidentiel.

Je voudrais bien savoir, soldat, pourquoi ton masque ?

LE BOUEUX, avec mystère.

Je te dirai bientôt... mais toi, comment ton casque ?

CYRANO, se décidant.

Eh bien ! voici.

LE BOUEUX

C'est long ?

CYRANO

Pas mal.

LE BOUEUX

Asseyons-nous.

Ils s'asseyent, l'un sur une caisse de grenades, l'autre sur un sac à terre (Cyrano grelotte).

Tu meurs de froid !...

CYRANO, se serrant près du soldat, presque avec respect.

Oh ! non, j'ai très chaud... près de vous

Se reprenant.

De toi.

Il commence son récit.

Si tu suivis mon histoire navrante,
Tu sais que l'autre jour, vers seize cent cinquante,

Assassiné par un laquais, piteusement,
Je laissai s'envoler mon âme au firmament.
Là, dans un paradis de lune diaphane,
J'ai retrouvé Christian

Avec ravissement.

et j'ai reçu Roxane !
Et nous vivons heureux dans un cercle d'amis,
Tous ceux que je rêvais et que Dieu m'a permis
De revoir : les Cadets, Socrate, Galilée...
Notre Société choisie et très mêlée
Reçoit de temps en temps quelques membres nouveaux :
Philosophes, prélats, martyrs, savants, héros,
Qui, par le dernier train de l'Interplanétaire,
Nous apportent un peu des rumeurs de la Terre.
Or, depuis très longtemps, nous ne recevions plus
Que quelques isolés, quelques rares vertus
(La plupart, Dieu merci, de France ou de Navarre)
Et nous nous lamentions sur cet arrêt bizarre,
Lorsqu'un jour il advint quelque chose de tel,
Que même les plus vieux, Mathusalem, Abel,
Attestèrent dans un admirable cantique
Qu'ils n'avaient jamais vu rien d'aussi fantastique !...

Il s'arrête comme ébloui par une vision. De temps à autre, pendant tout le récit, des guetteurs du poste de gauche apparaissent tantôt apportant un sac, une caisse ou des armes, tantôt observant par les créneaux du talus de tranchée. Parfois, ils quittent l'observation pour écouter, émerveillés, ce que raconte Cyrano.

LE BOUEUX, avec un intérêt fou.

Dis vite, Cyrano, je languis de savoir.

CYRANO, il se lève lentement, et droit, comme en une vision.

D'aussi loin que nos yeux pouvaient apercevoir
« ILS » arrivaient, — leur flot, du fond des plaines vierges,
Montait tout embrasé, comme un troupeau de cierges !...
Nous, muets, fascinés par ces feux ignorés
Annonçant le plus beau des bataillons sacrés,
Nous regardions grossir l'immortelle phalange ;
Et quand nous pûmes mieux distinguer, — chose
[étrange, —
Nous vîmes sur leurs corps d'informes oripeaux
Crasseux, boueux, troués, adorablement beaux,
Car toute cette fange était phosphorescente,
Leurs membres suintaient de gloire éblouissante,
Et sur leur chair meurtrie et pantelante encor,
Plus ils avaient de sang et plus ils avaient d'or !...
Ils arrivèrent !... Ah ! que ce fut grandiose !

Fusée éclairante.

Comme ils étaient martyrs, le ciel était tout rose !
En entrant ils criaient le nom de leur pays :
« France, France », « Angleterre », et puis « Belgique »,
[et puis
« Russie », « Italie » et « Serbie » ; et surtout « France ! »
Et nous sûmes bientôt toute votre souffrance.

Le drame européen, vos espoirs, vos succès.
Mon Dieu ! qu'ils étaient grands tous nos frères français !
Nous les reconnaissions sans peine à leur sourire
Où leur âme chantait ; Galilée en délire
Ajustait sa lunette et nous les annonçait ;
Chacun pour les aimer autour d'eux s'empressait ;
Les Cadets emballés voulaient venir en aide
Aux plus meurtris ; Kléber exultait ; Déroulède
Tout en larmes, disait : « Mes petits, mes enfants... »
Tous nos anciens héros émus et triomphants
Couraient, dansaient, pleuraient, riaient, perdaient la tête,
Et notre vieux Roland, le sonneur de trompette
De la *Sidi-Brahim*, de la part du Très-Haut,
Jouait « Montez, Y' aura d'la goutte à boir' là-haut... »

Il s'arrête au comble de l'exaltation.

LE BOUEUX, ravi.

Tu devais être heureux !

CYRANO, dégrisé.

Oui ! je mourais de honte !

LE BOUEUX

Mais pourquoi, Cyrano ?

CYRANO

Tu ne t'en rends pas compte ?

Avec accablement.

Ah ! regarder monter pendant des jours, des jours,
Sans arrêt, ces héros plus glorieux toujours
Dans le rayonnement de leur apothéose,
Songer qu'ils sont tombés pour une grande cause,
Étendus dans leur gloire ainsi qu'en un linceul.
Et se dire : « Ma mort n'a servi qu'à moi seul ! »
Ah ! sentir qu'on avait l'âme d'un mousquetaire,
Qu'on eût pu noblement se détacher de terre
Pour s'envoler léger vers un monde tout neuf,
Et songer : « Je suis mort assommé comme un bœuf ! »
Savoir, en des régions qui ne sont plus les vôtres,
Tous vos rêves défunts réalisés... par d'autres...
Et se sentir ici cependant que là-bas
On n'a qu'à se lever pour cueillir le trépas
Qui seul vous rendrait beau pour la vie éternelle...
Ah ! non, vois-tu, ma peine était par trop cruelle !
J'ai compris que jamais je n'avais tant souffert
Et que mon paradis devenant un enfer,
Il serait mieux pour moi que je le désertasse.
Bravement j'ai piqué la tête dans l'espace
Et me voici !

LE BOUEUX, *émerveillé.*

Sais-tu, grand frère, que ce soir
Je t'appelais ?

CYRANO, *ravi.*

C'est vrai ? Qu'il m'est doux de savoir
Par toi que mon nom flotte au milieu d'un tel drame !
Pourquoi ?... Pour mon grand nez ?

LE BOUEUX

Non, mais pour ta grande âme
Qu'un jour pas très lointain quelqu'un nous révéla.

CYRANO

Oui, ce bon Coquelin m'a raconté cela.
Mais je ne croyais pas...

LE BOUEUX

Eh ! bien, il faudra croire !

CYRANO, *rayonnant.*

Je suis heureux !...

LE BOUEUX

Alors, finis ton histoire :
Ton casque ?

CYRANO

Ah ! j'oubliais ; voici. Figure-toi
Que l'autre jour, tandis que le ciel en émoi
Recevait tout sanglants les vainqueurs de la Marne,
Ces chers petits, en qui notre « Furia » s'incarne,

Avisèrent malgré ses vieux bords tout fanés
Mon grand feutre à panache où s'abritait mon nez.
Ah ! mes amis de Dious ! jamais pendant ma vie
Mon pauvre couvre-chef n'excita tant d'envie ;
Je fus si vivement pressé, sollicité,
Que, pour les voir heureux, je le leur ai prêté.
J'y tenais bien pourtant ! Mais, vois-tu, c'est si drôle
De les voir le porter chacun à tour de rôle !
Tu ne peux te douter comme ils semblent joyeux
Et lui ne fut jamais si frais, si glorieux ;
Enfin pour me dédommager, un guerrier basque
M'a fait, depuis, l'honneur de me prêter son casque ;
Je ne le quitte plus !...

LE BOUEUX

Mais nos casques sont lourds !...

CYRANO

Moins lourds que n'est la plume au revers d'un velours
Pour apothéoser une tête mourante.

LE BOUEUX, taquin mais sans malice.

Vous l'ignoriez encore en seize cent quarante !

CYRANO, regrettant.

Vous nous l'avez appris !

LE BOUEUX

Mais nos casques sont laids !
La plume a des frissons...

CYRANO

Le fer a des reflets !

LE BOUEUX, *protestant.*

Ah ! non pas de reflets, quelle qu'en soit la flamme
Nous les avons ternis.

CYRANO

Pas tous, pas ceux de l'âme
Qu'ils rehaussent encor, vous nous l'avez appris.

LE BOUEUX

C'est vrai qu'il te va bien, notre casque bleu-gris !

CYRANO, *regardant soudain vers la gauche.*

Tiens ! mais qu'est-ce qu'on voit briller là-bas ?

LE BOUEUX

La Scarpe !

CYRANO, *ahuri.*

La Scarpe... Ah !...

LE BOUEUX

Te voilà béant comme une carpe!

CYRANO, toujours ahuri et joyeux.

La Scarpe! Ah! quelle chance!... Alors ces murs?

LE BOUEUX

Arras.

CYRANO

Arras, où j'ai lutté, souffert! Tu conviendras
Que j'eus vraiment du nez pour mon atterrissage!

LE BOUEUX

C'est vrai!

La lune s'obscurcit un moment. Le Boueux un peu préoccupé va observer au créneau du parapet.

CYRANO

Tiens, sur la lune un tout petit nuage!

Il s'adresse à la lune.

Est-ce vos yeux, amis, qui pleurent Cyrano?
Ah! non, de grâce, non, pas de larmes, pas d'eau,
On me prendrait ici pour un faiseur de pluie
Et le sol est déjà...

Il semble entendre un appel d'en haut.

Comment?... Oui, ma chérie;

Oui, Roxane, je reviendrai, mais un instant
Laisse-moi contempler le bouquet éclatant
Que fit fleurir ici le sang de ma Gascogne !...
Le Bret, ne gronde pas !

On entend au loin un grondement de canon plus violent.

Voilà Le Bret qui grogne !

LE BOUEUX, riant.

Mais non, c'est Krupp !

Revenant à Cyrano.

Alors, tu désires les voir ?

CYRANO, ému.

Oh ! les voir !

LE BOUEUX

Eh ! bien, viens !

Ils se dirigent vers la butte de sacs à droite

Prends garde !

Il prend la main de Cyrano.

CYRANO

Que c'est noir !

Il trébuche.

Mordious !...

LE BOUEUX, *à mi-voix.*

Chut ! Parlons bas : c'est l'heure, hélas ! trop [brève,
Où pour quelques instants la lutte ayant fait trêve,
Ces démons que la voix des canons peut bercer
Se laissent assoupir... pour mieux recommencer !
Regarde-les dormir !

CYRANO

Où donc ?

LE BOUEUX, *désignant la tranchée.*

Là, là dans l'ombre.

CYRANO, *écarquillant les yeux.*

Je ne vois rien !

LE BOUEUX

Mais si, devant toi.

CYRANO

C'est trop sombre.

LE BOUEUX, *dirigeant dans la coulisse le feu d'une lampe électrique de poche.*

Et comme ça ?

CYRANO, *après de vains efforts.*

Non ! rien qu'un cloaque hideux,
Omelette aux chiffons, la boue en guise d'œufs !

LE BOUEUX, vivement.

C'est eux !

CYRANO

Quoi ! cette glaise amalgamant des loques ?

LE BOUEUX, très fier.

C'est ça, c'est eux... c'est nous !

CYRANO, avec une admiration émue.

Pauvres chères défroques !
Fantômes enlizés dans vos gluants tombeaux,
O lambeaux, qui dirait que vous êtes flambeaux,
Et qu'en vous sont l'espoir du monde et ses croyances ?

LE BOUEUX

C'est bien moralement qu'ils ont leurs élégances.
Eh ! oui, les défenseurs de la beauté, c'est ça !
Ça, ces paquets sanglants que le sort entassa,
C'est un fils, un époux, un père de famille,
Ça possède un foyer, des amours ; ça, guenille
Qu'on n'oserait pas ramasser sur les chemins,
C'est ce pourquoi les tout petits joignent leurs mains.
C'est noir, c'est froid, c'est laid, ça n'a plus forme
[humaine,
Et pourtant ce qui vit sous ces chiffons de laine
C'est ce vers quoi le soir, autour du feu qui luit,
S'en vont les souvenirs lorsqu'on pense à « lui »,

L'absent. C'est ce pour quoi l'on tressaille à toute heure.
Ça, c'est ce qu'on attend, qu'on appelle ou qu'on pleure ;
Ça, ce « je ne sais quoi » qu'on s'acharne à chérir,
Même lorsque la mort commence à le pourrir !
Car ça, ça, Cyrano, c'est toute l'espérance ;
C'est le rempart de chair où s'abrite la France,
Ça, ce rebord informe et qu'on dirait si laid,
C'est l'avenir du drap tout entier dans l'ourlet ;
Ça, mais c'est le plus dur du pays ; cette fange,
C'est tout l'or du manteau condensé dans sa fange !
Ça, c'est ce qui nous vaut l'orgueil d'être Français,
Ce que l'Europe attend pour crever son abcès ;
C'est le Droit, la Justice, et l'Amour et la Vie,
Inébranlablement dressés contre l'envie,
Le Mensonge, la Haine accumulés là-bas,
Et criant aux bandits : « Vous ne passerez pas !... »
Ça, c'est si beau que, bien que ce ne soit pas rose,
Ça ne voudrait pour rien au monde être autre chose.
C'est un Idéal pur que la boue encrassa,
Ça n'a pas l'air d'être beaucoup, mais c'est tout... ça !

Cyrano est tombé à genoux, face à la butte de sacs ; la tête dans ses mains, il semble cacher son extrême émotion ; après un faible arrêt où tombe son exaltation, le Boueux continue.

Regarde-les dormir, ô mon grand frère illustre,
Sans galons, sans rubans, sans rien, sans autre lustre

Que les mille reflets et les mille façons
Que fait sur eux la lune en suçant leurs glaçons !
Bienfaiteurs inconnus perdus dans la nuit noire.
Ne te semblent-ils pas rappeler ton histoire
Lorsque sous le balcon, dans l'ombre, mendiant,
Tu t'immolais sans gloire au bonheur de Christian ?
Oh ! regarde et dis-moi...

Il s'aperçoit que Cyrano sanglote.

Hein ! quoi ! Comment ?... Tu pleures ?

CYRANO, se relevant lentement.

Hélas ! que fut mon sacrifice à moi ?

LE BOUEUX

Non, tu te leurres :
Tu t'es martyrisé !...

CYRANO

Pour deux êtres, je sais :
Eux, c'est pour des milliers, des millions de Français.
Moi, c'est pour mon amour que je m'offrais, victime ;
Tandis qu'eux, c'est pour un Idéal anonyme,
Grandiose, puissant, de partout, de toujours,
Fait, non d'un amour seul, mais de tous les amours !

LE BOUEUX, vivement.

Non, non, tu n'es pas juste et tu te calomnies.
Cet Idéal sublime et que tu leur envies
Ne l'as-tu pas toi-même, ici même servi ?

CYRANO

En effet, il y a deux siècles et demi,
Nous combattions ici, sous Arras, pour la France,
Noblement, comme vous, du moins en apparence,
Car aimant le combat pour sa seule beauté
Bien plus pour le plaisir que pour l'utilité,
Donnant à la « manière » une importance énorme,
Nous délaissions le fond pour trop soigner la forme.
Ah ! frapper de grands coups, se battre avec fracas,
Être brillant devant la mort, ne faire cas
Que du pli du manteau quand viendra la culbute,
Ne voir dans le trépas qu'une admirable chute,
Se montrer jusqu'au bout fier, élégant et fort,
C'était notre Idéal !

LE BOUEUX, enthousiasmé.

Eh bien !...

CYRANO, désolé.

C'était...

LE BOUEUX

du sport ?
Que fallait-il de plus, puisque c'était sublime ?

CYRANO, s'animant.

Ce qu'il fallait ? Ce qu'il... ô très humble victime,
Mais faire comme vous : souffrir et s'immoler
Sans geste, sans éclat, sans poser, sans parler ;
Voir surtout dans son sang une auguste semence ;
En le versant, songer : « Pourvu que soit immense
La moisson ! » s'il advient d'avoir un beau trépas,
Songer même : « pourvu qu'on ne le sache pas ! »
Aimer le sacrifice et jusqu'à cette dose ;
Enfin réaliser en maître, en virtuose,
Sans postiche, ni fard, ni décor théâtral
Dans sa simple beauté, l'héroïsme intégral !...

LE BOUEUX, songeur.

Sûr que nous sommes loin des guerres en dentelles !

CYRANO

Oui ! velours et rubans partout, jusqu'aux bretelles !
Ah ! que si les vertus des héros sont des fleurs
Qu'ils offrent en hommage à la Patrie en pleurs,
Vous saviez mieux que nous présenter vos prémices !
Plus que le naturel aimant les artifices,

Nous rangions nos vertus en de brillants bouquets
Que nos rubans servaient à rendre plus coquets;
Mais vous, vous, les Boueux, cette fleur militaire,
Vous préférez l'offrir simplement, dans sa terre!
Comme c'est mieux!...

LE BOUEUX

Comment... tu trouves?

CYRANO

J'en suis sûr.

LE BOUEUX, *ravi.*

Alors, puisque tu veux, dans ce chaos obscur,
De tes Cadets Gascons retrouver l'âme ardente,
Permets, ô Cyrano, que je te les présente;
Je vais les éveiller...

Il va crier.

CYRANO, *le retenant.*

Ça, jamais!

LE BOUEUX, *étonné.*

Pourquoi pas?

CYRANO, à mi-voix.

Parce que le repos est doux quand on est las
Et qu'il devient sacré sous le poids d'une armure...
Oui, présente-les-moi, mais bas, dans un murmure
Qui ne fasse pas mal à leur trop court sommeil,
Qui soit une berceuse et non pas un réveil.

LE BOUEUX

Mais eux-mêmes seraient...

CYRANO, vivement.

Ah ! ça, non, par exemple !
Réveiller des héros afin qu'on me contemple,
Quel crime !... Non, vois-tu, c'est si simple que toi,
Sans façons, sous la lune discrète, et pour moi,
Tu chantes doucement comment ils sont la France,
Moi, je t'écouterai dans ce demi-silence,
Tu me diras leurs noms sans plus songer au mien,
Eux seuls deviendront tout, je ne serai plus rien,
Rien que le Grand Passé près du Présent Sublime,
Que le coteau fleuri près de la haute cime,
Jaloux de sa splendeur et de sa nudité.
Parle, je resterai tremblant à ton côté ;
Parle, je referai le rêve de ma vie,
Et je me laisserai mourir...

LE BOUEUX

Tu dis ?

CYRANO, rassurant.

D'envie !

Doucement.

Parle-moi.

LE BOUEUX, vibrant.

Ce sont les Cadets.

CYRANO, l'arrêtant.

Plus bas, plus bas.... !

LE BOUEUX, moins fort.

Ce sont...

CYRANO

Plus bas encor... ne les réveille pas !

LE BOUEUX, près de la butte à droite et face aux dormeurs, avec une exaltation contenue.

Ce sont les Cadets de la France
De la Bourgogne et du Poitou,
Gars de Bretagne ou de Provence,
Ce sont les Cadets de la France !

Mêmes douleurs, même espérance,
Qu'ils soient de Gascogne ou d'Anjou,
Ce sont les Cadets de la France,
Du Midi, du Nord, de partout !

Suant la boue et la souffrance,
Ils luttent du fond de leurs trous
Où s'exalte leur endurance.
Suant la boue et la souffrance,
Gelés, moisis, sentant le rance,
Rongés par les rats et les poux,
Suant la boue et la souffrance,
Ils luttent du fond de leurs trous.

Cyrano, tout en écoutant religieusement, monte lentement, sans être vu du Boueux, sur le parapet de la tranchée.

Entre eux ils se font concurrence
Pour recevoir les mauvais coups.
L'assaut garde leur préférence,
Entre eux ils se font concurrence !
Goulus jusqu'à l'intempérance
De beaux dangers dont ils sont fous,
Entre eux ils se font concurrence
Pour recevoir les mauvais coups !

Les balles sifflent. Cyrano impassible, debout sur le parapet, contemple les soldats endormis.

Voici les Cadets de la France,
Qui font la chasse aux loups-garous,
O Boche, abominable engeance,
Voici les Cadets de la France !
L'instant de la curée avance,
Sus à la bête aux longs poils roux,
Voici les Cadets de la France
Qui font « capout » les loups-garous !

Sur le dernier vers, Cyrano chancelle. Le Boueux l'aperçoit.

LE BOUEUX, affolé.

Cyrano, Cyrano, c'est mal, quelle folie...

CYRANO, avec autorité, mais bas, désignant les dormeurs.

Pas un mot !

Il descend seul avec effort.

LE BOUEUX, le recevant dans ses bras.

Qu'as-tu ?... voyons..., dis-moi ?...

CYRANO, calme.

Rien... l'envie !!!

Une balle ricoche en sifflant.

LE BOUEUX, apercevant le sang qui coule sur la tempe de Cyrano.

Ah ! ce sang !... Imprudent !

Désignant les Boches.

Tu sais bien que là-bas...

CYRANO, dans les bras du Boueux.

Oui, je savais...

LE BOUEUX, très haut

Alors ?...

CYRANO, un doigt sur la bouche.

Ne les réveille pas !
J'aurai passé près d'eux, — orgueilleux invisible, —
Ayant eu le bonheur d'être un point dans la cible,
Sans les avoir troublés et presque sans les voir.
Ah ! demeurer discret en faisant son devoir...
Maintenant que je sais vraiment ce que ça coûte,
Je vous aime encor plus !

LE BOUEUX, ému.

O mon grand frère !

CYRANO, tendant soudain l'oreille et se redressant avec effort.

Écoute !...

LE BOUEUX, dans le silence.

Quoi ?

CYRANO, délirant.

Ces bruits... ces clameurs : « En avant !... » ce clai-
[ron...
Ces chants : « Aux armes, citoyens !... » Ah !... le
[canon !...

LE BOUEUX

Que dis-tu ?... quel canon ?

CYRANO, dans l'enthousiasme, les yeux démesurément ouverts.

Ah ! voilà ! magnifique !

LE BOUEUX

Que vois-tu, Cyrano ?

CYRANO

Je les vois ! c'est unique !
Oh ! les beaux voyageurs épris d'éternité !
Oh ! comme ils sont brillants !

LE BOUEUX

De quoi ?

CYRANO

D'obscurité !

Déclamant, mais sans timbre.

Héros jeunes et vieux dont la beauté m'étonne,
O feuilles du printemps, ô feuilles de l'automne,
Qui mêlez votre chute en l'ouragan prussien...

LE BOUEUX

Quoi ! tu les vois tomber ?

CYRANO

Comme vous tombez bien !!!

Il s'anime.

Chargez ! ô mes amis ! Chargez... pour la Patrie !
Hardi, les gars, debout les morts ! la compagnie
Sera nombreuse et belle ! allons, tapez encor,
Nous monterons ensemble et dans le même essor !

Sa voix faiblit.

Ce sont les Cadets de la France
Qui font la chasse aux loups-garous...

Ce sont les Cadets de la France
Qu'on devrait n'aimer qu'à genoux...

Il tombe à genoux.

LE BOUEUX, qui ne veut pas le laisser mourir.

Oh ! mon Dieu ! Cyrano !...

Cyrano s'affaisse, son casque tombe.

Le Boueux, étendant Cyrano à terre et lui faisant un oreiller de son bras droit.

Cyrano, mon grand frère !...
Oh ! ce trou dans la tête..: Oh ! mon Dieu... mais que [faire !!!

CYRANO, mourant et calme.

Rien... me laisser partir ! tout est bien... bien... très bien !
Je devais remonter et j'étais sans moyen !
Le Boche a bien voulu, de ses mains... paternelles,
M'envoyer un... poulet... Alors, j'ai pris... les ailes,
Et je vais m'envoler lentement... sans efforts !...
Adieu...

LE BOUEUX, ému.

Non, au revoir !

CYRANO, doucement.

Je sens que je m'endors !

LE BOUEUX

Heureux ?

CYRANO

Oui !

LE BOUEUX

Satisfait ?

CYRANO

Oh ! oui !

LE BOUEUX

Selon ton rêve ?

CYRANO, dans le dernier souffle.

Tout à fait...

Sa tête, qui s'était un peu soulevée, retombe à jamais inerte.

LE BOUEUX

Au revoir ! ta visite fut brève,
Mais utile !... au revoir ! moi ! je ne te plains pas.
Endors-toi, Cyrano, contre moi, dans mes bras.
L'esprit libre, le cœur apaisé, l'âme à l'aise,
Bercé par de lointains échos de *Marseillaise !*
C'est la victoire !... dors obscur et glorieux...
Le Ciel va se rouvrir pour toi ; ferme tes yeux...

Pieusement, il ferme les yeux de Cyrano avec d'infinies précautions ; il retire son bras de dessous la tête du mort, y place un sac, puis se lève lentement, et, contemplant Cyrano, avec émotion :

Et puisque enfin ton rêve entier se réalise,
Puisque de cette boue où ton grand corps s'enlize,

Ton âme va monter vers ces mondes ténus
Dont les vastes chemins déjà te sont connus,
Puisque avec toi se détachant de l'ombre noire,
Tous ceux qui sont tombés vont voler vers la gloire,
O grand frère, prends-les sous ton ample manteau!
Soutiens-les, montre-leur la route, ô Cyrano!
Qu'ils entrent avec toi dans la lumière rose!
Et là si leur désir réclame cette chose
Qui charme leurs aînés dans ce nouveau séjour,
Prête-leur, Cyrano, prête-leur à leur tour
Ce que chacun, là-haut, te demande et s'arrache,
Mais qu'ils n'ont pas voulu pour mourir!... TON PANACHE!...

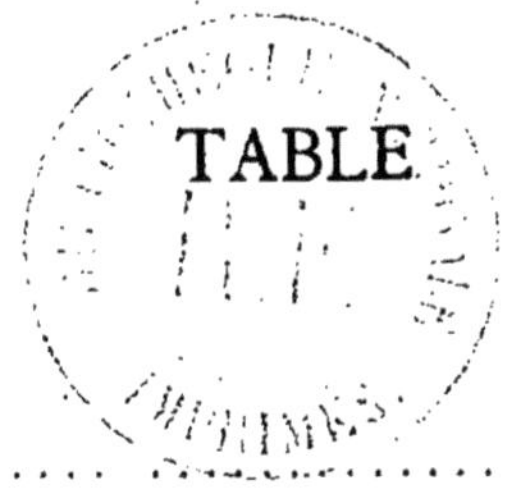

TABLE

MACON, PROTAT FRÈRES, IMPRIMEURS

ACHEVÉ D'IMPRIMER

LE 2 AVRIL 1921

SUR LES PRESSES DE L'IMPRIMERIE

PROTAT FRÈRES, DE MACON

MACON, PROTAT FRÈRES, IMPRIMEURS.

Prix net : 5 fr.

www.ingramcontent.com/pod-product-compliance
Ingram Content Group UK Ltd.
Pitfield, Milton Keynes, MK11 3LW, UK
UKHW020330180726
13839UKWH00002B/639

9 782329 202006